LIEFDESVERDRIET

Karel Eykman

Liefdesverdriet

Rainbow Jeugd

Rainbow Jeugd® worden uitgegeven door Muntinga Pockets,
onderdeel van Uitgeverij Maarten Muntinga bv, Amsterdam

www.rainbow.nl

Een uitgave in samenwerking met Uitgeverij De Harmonie
Amsterdam

www.deharmonie.nl

ISBN 978 90 417 50310   NUR 284

Neem de herinnering aan jou niet mee
laat hem achter in mijn hart, alleen.

Federico Garcia Lorca

Inhoud

Ontiegelijke klootzak, dacht ze, als je nog eens wat weet! Maar de deur was al dicht.

Monika keek haar kamer rond en zag het boek liggen waarmee ze bezig was geweest. Ze ging maar verder lezen. Dat moest toch ook gebeuren. Je kon het tenslotte op je lijst voor Engels zetten. Ze ging door alsof er niks was gebeurd. Zoveel wás er ook niet gebeurd. Maar op bladzij 65 wist ze niet meer wat er op 64 had gestaan en bij bladzij 66 niet meer waar het op pagina 65 ook alweer over ging. Stom boek.

Er was niemand thuis, behalve Stoeltie de poes, die even langs kwam om op schoot te springen, maar het beest had pech. Hij werd weggeduwd en liep beledigd de trap af naar beneden.

Monika zette opeens de radio uit. Al die tijd had het ding aangestaan zonder dat ze er op gelet had, alleen André Hazes kon ze er op dit moment even niet bij hebben.

Ze ging de kamer uit, de trap af: de straat op. Zo

maar een eind lopen, een ommetje.

Bij het oversteken kreeg ze de zenuwen van een toeterend vloekende auto. Ze was blijkbaar door rood gelopen. Wat kon het ook schelen.

Ze ging maar even langs bij Marjan. Je kon er altijd door de achterdeur binnenvallen, maar er was nu niemand.

Zo stond ze daar plompverloren in Marjans kamer. Ze zette de plaat van Bowie op die ze zelf niet had. Het was mooie muziek, daar niet van, vooral het begin, maar het hielp niet. Ze bleef helemaal alleen. Onderweg terug h uilde ze nog steeds niet.

Het was dus uit.

Honger had ze, in ieder geval zin om zich vol te stoppen met iets onverstandigs. Omdat ze nogal klein was vond ze zichzelf een beetje dik, vooral in de spiegel als ze haar adem niet inhield. Maar dat maakte nu toch niet meer uit. Ze moest eerst maar even iets aan dat lege gevoel doen. In de ijskast stonden peren op sap koud te worden in een kommetje. Dat kwam goed uit. Ze pakte er één met haar vingers en slurpte hem gretig op. En toen nog één en toen nog één. Haar vingers waren nu toch al kleverig.

Ze at door alsof ze haast had. Het voornaamste was dat ze constant een volle mond had.

Ze had de vijfde net achterover geslagen toen haar moeder thuiskwam. Gauw handen wassen onder de kraan en het gezicht op gewoon zetten. Het ging moeder nog even niets aan.

Ze verschool zich achter de *Story* en bleef daar tot het avondeten. *Waarom Caroline van Monaco met haar vriend brak.* Gelijk had ze, jongens deugen niet en rijke jongens al helemaal niet.

Tegen zessen kwam vader vrolijk thuis.

Die lui van Hoekloos hebben toch toegegeven, riep hij naar de keuken en schonk zich een borrel in om het te vieren.

O, zei moeder, maar kan Monika dan even tafel dekken? Verdorie, wat is dat nou weer? Het toetje is al bijna op! Wie heeft er aan mijn peren gezeten?

Weet ik veel, riep vader en schonk zich een tweede keer in.

Monika, ik vroeg je wat, zei moeder toen ze de kamer binnenkwam.

Maar Monika kwakte de vorken en messen op tafel.

Dat gezeik altijd! Altijd over peren emmeren jullie. Interesseert me toevallig de ballen toevallig! Jij met je shitperen op sap!

Monika, wat heb je toch in godsnaam, vroeg moeder.

Toen pas ging Monika door de knieën, plofte op een stoel, ging nog eenmaal met de rug van haar hand langs haar ogen en barstte in huilen uit. Snikkend van ellende liet ze alle tranen komen. Peter! stotterde ze, Peter heeft het uitgemaakt. Zomaar. Nergens om. Opeens heeft hij het uitgemaakt, Peter!

Dat is nog geen reden om zo tegen je moeder uit te vallen, zei vader.

Maar moeder zei: Ach gut, kind. Wat naar nou. Ze sloeg een arm om haar heen. Wat sneu. En het was nog wel zo'n aardige jongen.

Dat is hij nog steeds! Dat is het hem juist! Hartverscheurend kwam het eruit. Monika huilde maar door tegen moeders schouder aan.

Vader stond een beetje onhandig met zijn glas te draaien. Tja, het is me wat, zei hij. Dat zijn ontzettend vervelende dingen. Op de een of andere manier moet je hier toch doorheen zien te komen. Tja, zuchtte hij, dat soort ervaringen heeft iedereen wel eens. Zo is het leven nu eenmaal.

Zo is het leven nu eenmaal, het zal je gezegd worden. Zo is het leven nu eenmaal, zei de oen. Of dat al niet erg genoeg is! Wat is mijn leven nog waard zonder Peter? Zou het een ramp zijn als ze nu dood was? Zo is het leven nu eenmaal, god betere het.

Vader merkte wel dat hij iets stompzinnigs gezegd had. Tja, zei hij nog eens en haalde verlegen zijn schouders op. Hij wist ook niet goed hoe hij haar moest troosten terwijl hij het zo graag wou. Neem een borrel, zei hij ten slotte. Of, even kijken, ik heb nog echte cognac. Zal ik je daar wat van geven?

Wat hij zelf het lekkerste vond wilde hij haar geven, maar Monika zei doodmoe, geef mij maar dat restje peren op sap.

De televisie, daar was niets aan en het huiswerk, daar kwam niets van.

Ga toch lekker naar bed, had moeder gezegd, want je ziet er niet uit. Maar eerst ging ze uitgebreid in bad. Ze had alle restjes kaars uit haar kamer meegenomen en die liet ze branden op de badrand. Eén half bolletje kon voorzichtig om haar knieën drijven. Verder was al het licht uit. Het warme water maakte haar kalmer en slomer. Langzaam ging ze met zeep langs haar kleine borsten. Peter had er nog aan mogen zitten. Dat mocht ook wel, het was alles bij elkaar bijna drie maanden aan geweest. Heel spannend was dat. En nu, en nu...

Alwéér ging ze huilen. Het klonk zo hol in de badkamer. Het was echt verdriet, het was geen aanstellerij, want er was geen publiek bij. Ze kon het niet helpen, ze wist ook niet dat ze minstens een literblik tranen in huis had. Waar haalt een mens het vandaan. Het drupte doodleuk in het badwater. Je moet uitkijken, dacht ze nog, zo meteen wordt het hier de Dode Zee, zo zout. Ze moest erom lachen, maar vond het ook gek van zichzelf. Wie maakt er nou geintjes over zoveel eigen droevigheid?

Ten slotte op haar kamer, zag ze het glas staan waar Peter nog cola uit gedronken had. Ze werd zo razend kwaad, dat ze het met alle overbodige energie die ze nog had tegen de muur smeet. Pats! Scherven.

Ze schrok er zelf van. Ze keek naar de plek op de muur. Als daar Peters hoofd was geweest had ze het evengoed gegooid en als het even kon nog wel harder ook.

Bij gebrek aan Peter werd nu ook het kussen in elkaar getremd. Ze sloeg net zo lang met haar vuisten tot ze niet meer kon. Het was ook zo gemeen en zo bot van hem. Juist van hem zou je dat niet verwachten, de schoft. Ze dook wanhopig in bed, kroop in elkaar en viel ten einde raad verward in slaap.

Waar bleef je nou, vroeg Marjan de volgende och-
tend op school. Je zou toch vroeger komen? Hoe
moet ik nou al mijn Engels nog van je overschrij-
ven?

Ik heb óók niks gedaan, zei Monika vlug. Het is
namelijk uit met Peter dus.

Met Peter?

Ja, met wie anders? Met Marco Bakker soms?

Heeft Peter het uitgemaakt? De klootzak, altijd
al gedacht dat het een klootzak was. Krijg ik toch
nog gelijk.

Wat vreselijk voor je!

Marjan vond het erger dan wat prinses Irene
overkomen was, of prinses Caroline, dat wist ze
niet meer, in ieder geval iemand die tenminste zelf
haar knul nog de laan uitgestuurd had. Maar daar
had Monika niet veel aan. Marjan beweerde nu
wel in geuren en kleuren hoe vreselijk ze die Peter
wel gevonden had, het was een schrale troost. Had
ze dat niet eerder kunnen zeggen?

Meteen het eerste uur ging het al mis. Monika was aan de beurt en bracht er niets van terecht.

Maar die Ben Jonson hebben we vorige keer toch behandeld, zei Bert Pijl een beetje kribbig, terwijl hij anders toch wel een geschikte leraar was. Mooie liefdesgedichten dat moet jou toch aanspreken. Hij was een tijdgenoot van Shake..., Shake..., Shakespeare ja. Weet je nu in welke eeuw hij leefde? Gok anders maar, ik kijk niet op honderd jaar meer of minder. Monika wist het bij god niet. Bert Pijl keek al even hulpeloos.

Dat komt, haar vriend heeft het uitgemaakt, zei Marjan opeens, zodoende.

Gats, dat ging niemand iets aan. Monika geneerde zich dood. Ze beet zich op haar lippen en hield haar tranen dapper tegen. De jongens achter begonnen al verbaasd te gniffelen, maar Bert Pijl niet, die was ervan geschrokken, die keek ernstig.

Ik begrijp het, zei hij, dat soort dingen heeft ook aandacht nodig. Ik begrijp het maar al te goed. Henk, ga jij maar verder bij bladzij 14. Henk kon er net zo goed niets van, maar die had niet zo'n waterdichte smoes als Monika.

Tussen de middag hadden ze repetitie van het toneelstuk voor de schoolavond. Monika had zich opgegeven en ze had nog een grote rol gekregen ook.

Peter was daardoor heel trots op haar geweest. Allemaal voor niks nu.

Bert Pijl regisseerde het. Hij had ook het stuk uitgezocht, De wonderbaarlijke schoenlappersvrouw. Iets heel romantisch van een Spaanse schrijver, Lorca heette die. Het ging over een schoenmakersvrouw die van haar man bleef houden terwijl hij al jaren weg was. Maar ja, Bert Pijl had er nog in meegespeeld in zijn studententijd, dus nu wou hij dat stuk nog eens overdoen. Toch kon je er best mee lachen, met dat toneelstuk.

Het ging niet eens slecht. Ze wist alles nog wel zo'n beetje wat ze uit haar hoofd geleerd had. En de bijbehorende gebaren die Bert Pijl er in gehamerd had, gingen ook vanzelf. Henk speelde de schoenmaker die verliefd op haar was. Hij deed zijn best om zo leuk mogelijk te zijn, maar Monika had niet zoveel zin in leuk.

Opeens gaf Henk haar zomaar een kauwgumpje. Hier, zei hij onhandig, dan heb je wat om op te bijten als je nijdig bent. Monika hield niet van kauwgum maar ze nam het graag aan. Toch vriendelijk van zo'n jongen om eraan te denken, zelf was hij in staat om door te kauwgummen, zelfs bij de grote liefdesscène. Nu gaf hij wat aan haar, goeie jongen, die Henk. Ze begon te merken dat zoiets een klein geluk bij een ongeluk was. Sommigen waren opeens aardiger dan anders als ze wisten dat je het moeilijk had.

Natuurlijk kan je wegblijven vanmiddag, zei Bert Pijl na afloop. Ik geef wel even door op school dat je, nou ja, niet bepaald in de stemming bent. Toch denk ik, dat je beter gewoon door kan gaan vandaag. Dat helpt vaak beter dan thuis zitten.

Daar had Bert Pijl gelijk in bleek achteraf. Ze werkte die middag normaal de lessen af. Uiterlijk was er niets met haar aan de hand. Ze was er zelf verbaasd over. Ze draaide gewoon door, als een vliegtuig op de automatische piloot. Ze voelde dat ze de hele tijd naar zichzelf zat te kijken. Dat vond ze wel raar. Als je zoveel leed in je ziel hebt, hoor je toch tot niets in staat te zijn? Zou het dan bij haar niet zo diep zitten als je wel eens hoorde? Ze wist het niet meer.

De volgende dag nam Marjan Monika mee om door de stad te slieren. Daar was ze goed in. Ze sloeg haar arm om Monika's schouder en zo slenterden ze de Steenweg op. Deze zaterdag was het voor het eerst een beetje lente met zo'n voorzichtig zonnetje.

Bij elke etalage bleven ze kijken, iedere heer waar ze tegenop botsten kreeg de wind van voren en elke boetiek gingen ze binnen. Samen in één kleedhokje de meest truttige kleren passen, van die truitjes met gouddraad erin, en ondertussen naar de verkoper roepen dat hij zich er buiten moest houden en niet mocht gluren. Ten slotte vragen waarom hij geen bijpassende zweetbandjes had en daarom alleen al teleurgesteld en met opgeheven neuzen de winkel verlaten. In de volgende zaak de hele truc nog eens overdoen. Enzovoort.

Monika zag ook nog ergens sportieve broekriemen hangen. Even dacht ze nog, zou dat iets voor

Peter zijn. Maar er zou nooit meer iets voor Peter zijn. Dat soort leuke cadeautjes kon ze aan niemand meer kwijt. Dat was het nare, dat bleef zo.

In de snackbar aan de Lijnmarkt was het even net zo. Ze wist niet waarom, maar ze had midden in een giechelbui met Marjan opeens de pest in. Dat kwam, merkte ze, doordat op het geluidsbandje in de zaak dat stomme nummer van Abba was. Daarbij was het nog aangeraakt indertijd. Monika nam een grote hap in haar duffe tosti, ze verslikte zich.

Marjan bezorgde gelukkig wat afleiding. Ze wees naar de ober. Een jonge jongen nog, maar een beetje dikkig. Zijn gulp staat open, zei ze. Dat was inderdaad zo, hij wist van niets. Hij begreep het niet toen Marjan zei dat het tochtte en dat de professor zo buiten kon komen.

Kan ik misschien even afrekenen? vroeg hij om vijf uur, want ik ga zo sluiten.

Dat is je geraden ook, zei Monika spontaan. Ze hádden het gewoonweg niet meer, was dat even lachen! Je zou haast vergeten hoe lachen ging met al die toestanden. Nu wist ze het weer helemaal. Giechelend namen ze afscheid van elkaar.

Onderweg naar huis ging het toch verkeerd. Ze

kwam per ongeluk langs de Mariaplaats, de plek waar ze de eerste avond hadden staan zoenen. Vroeger, dat wil zeggen tot eergisteren, grinnikte ze altijd even als ze daar langskwam. Nu vloekte ze voluit.

Ze voelde een steek in haar zij. Is er dan overal van alles telkens weer dat aan hem herinnert? Kun je dan voortaan geen kant meer op zonder dat het bij het minste geringste weer begint? Wat is dit voor een stad waar van alles van hem aan vastzit? Zou je moeten verhuizen om er helemaal vanaf te zijn? 't Is toch evengoed mijn stad? Wat heeft dit te betekenen?

Zondagmiddag zat Monika achter haar bureautje. Alles was keurig opgeruimd, pen en papier lagen klaar. Ze had haar haren gewassen en ze had kleren aangetrokken waarvan ze wist dat ze er goed in uitzag. Ze zou hem een brief schrijven. Telkens had er van alles in haar hoofd rondgetold dat ze nog had willen zeggen. Er was zoveel dat ze tegen hem in kon brengen en dat ze niet kwijt kon. Dat moest allemaal maar eens zwart op wit.

Zondagmiddag, 20 maart

Lieve Peter,

Je kan nu wel zeggen dat je het niet meer ziet zitten met mij, maar zo gemakkelijk kom je niet van me af. Ik ben het er namelijk niet mee eens dat jij het uitmaakt. Je zegt dat je gewoon niet meer voelt wat je eerst voor me voelde. Maar wat heb ik daar nou aan? Wat koop ik daar nou voor?

Wat moet ik daar nou mee? Wat ik voor je voel dat interesseert je zeker niet! Maar omdat jij dat voelt moeten we uit elkaar zeker? Weet je dat ik jou een egoïst vind?

Want je denkt alleen maar aan jezelf en niet aan mij. Maar ik wil alles voor je zijn en ik ben gek van je, dat weet je. Ik hou van je en jij ook van mij (denk ik). Ik heb toch niets verkeerd gedaan, of ben je op me afgeknapt of heb je een ander, zeg dat dan maar ik wil het niet horen. Kom weer terug naar mij. Of durf je niet. Ik verlang zo naar je ook als je een rotzak bent. Toe nou!! Toch kusjes van jouw

Monika

Monika vond het toch maar beter om deze brief niet te versturen, maar jammer was het wel.

Ze had het kunnen weten, anders was het ook wel een andere keer gebeurd.

Iedereen zou naar het concert van de Bunnymen gaan in het muziekcentrum. Een heel stel van school, een paar van het christelijk lyceum, iedereen dus. Dat het nu uit was met Peter was voor Monika geen reden om niet te gaan. Ze ging juist wel, met Marjan.

En in de pauze, dat zal je altijd zien, na het waardeloze voorprogramma, toen zag ze hem. En hij zag haar. Hij was met nog een jongen en twee truttige meiden, met van die truitjes met gouddraad erdoor. Hij liep straal langs haar heen, zag dat zij hem aankeek en zei: hoi.

Hoi, zei Monika toen ook maar. Ze ging met Marjan de zaal weer in want ze wilden een beetje vooraan staan. Marjan had twee potige knullen georganiseerd die speciaal voor dit concert helemaal uit Groningen waren gekomen. Ze waren in ieder geval bruikbaar bij het voordringen. Eén

van de twee wilde duidelijk Marjan versieren, zodat de ander aangewezen was op Monika. Monika
vond het allang best, wat zou het ook. Klaas heette
die jongen en zij was dus Monika. Door het ge-
drang maakte het niet uit of hij nu tegen haar aan-
duwde of zij tegen hem aanleunde. Hij had in ieder geval snel genoeg door dat ze niets onder haar
T-shirt aanhad.

Echo and the Bunnymen kwamen op en gingen
er hard tegenaan. Monika voelde de baskasten in
haar maag trillen. Maar onder het concert werd ze
steeds kwader. Hoi had hij gezegd. Hoi, alsof hij
niets anders wist. Hoi, wat heb je daar nou aan. Is
dat alles wat er overblijft als je al die maanden zoveel hebt meegemaakt met elkaar, hoi?

Het was Monika niet zo opgevallen, maar na afloop vond iedereen het een goed concert. Klaas
zou haar naar huis brengen. En meteen al bij de
gracht sloeg hij zijn arm om haar schouder, dus
meteen drukte zij zich tegen hem aan als in de eerste de beste televisieserie.

Klaas keek er heel verbaasd bij, maar Monika
had nu eenmaal zin om deze jongen die ze nauwe-
lijks kende eens compleet op te vrijen. Toen ze
voor de zoveelste keer bleven staan zoenen met

tongen en al, voelde ze aan hem dat het uitstekend lukte. Ze was dus geen trut die geen jongen krijgen kon. Dat wilde ze weten, daar ging het haar nu om.

Toch begon ze vlak bij huis een beetje een hekel aan zichzelf te krijgen.

Donder op, zei ze tegen Klaas, ik moet je niet meer.

Maar, maar ik heb toch niets gedaan?

Kan wel wezen. Ik wil niets met je te maken hebben.

Klaas keek verbijsterd. En ik was nog wel zo gelukkig, stotterde hij. Het is mij nog nooit gelukt een meisje te krijgen...

Zo meteen gaat hij nog huilen ook, dacht Monika. Ze deed vlug de huisdeur open, glipte naar binnen en smeet de deur voor zijn neus dicht. Door het raam zag ze nog hoe die Klaas vloekend en scheldend de straat uitstapte. Hij trapte tegen elke lantaarnpaal die hij tegenkwam. Hij zou er nog werk genoeg aan hebben. Net goed, dacht Monika krengig. Weten die jongens ook eens wat het is om de bons te krijgen.

Ze nam het niet, ze nam het niet. Ze liet zich niet afschepen met hoi. Zo fietste ze de volgende avond naar zijn huis. Ze zou het allemaal eens keihard in zijn gezicht zeggen, ze zou hem eens haarfijn verrot schelden. Maar eenmaal in de Nachtegaalstraat durfde ze al niet meer. Ze bleef bij zijn huis staan kijken. Zijn fiets stond voor de deur. Ze draaide de ventieltjes van zijn voor- én achterband eruit. Dat was tenminste iets. Je kon zo bij Peters familie naar binnen kijken. De hele kamer met de open haard en het aquarium van Peters vader.

Zijn moeder was met de koffie bezig. Ze was klein en laconiek. Ze had altijd al gevonden dat Monika een te goed meisje was voor haar Peter. Die heeft een stevige tante nodig, had ze wel eens tegen Monika gezegd, want ik doe verder niets meer aan zijn opvoeding. Monika had dat nooit zo goed begrepen. Je wordt nu eenmaal niet verliefd om iemand op te voeden. Het was toch ook niet háár schuld dat Peter nu uiteindelijk een slappeling bleek te zijn?

Ze zag hem de kamer binnenkomen en deed een stap naar achter. Ze bleef kijken hoe hij rondliep, de televisie aanzette, iets zei, de televisie uitzette en achter zijn moeder aan naar de keuken ging.

Ik moet hier weg, bedacht Monika, het is gewoon belachelijk dat ik hier sta te gluren. Ik lijk wel gek.

Langzaam begon het te regenen. Een mooie reden om op te krassen.

Toen ze thuis was bleef ze lang om de telefoon heendraaien. Het toestel had een lang snoer, zodat je buiten de huiskamer op de trap kon zitten bellen. Vader en moeder keken naar ongelukkige liefdes op de Tros, dus nu moest ze van de gelegenheid gebruik maken. Ze haalde diep adem en draaide Peters nummer. Het nummer dat ze haar leven lang uit haar hoofd zou kennen al was het nergens meer voor nodig.

Met mevrouw Van der Spek, hoorde ze.

Ja mevrouw, met Monika nog even. Mag ik Peter hebben?

Dag Monika, ben jij het?

Tja, Peter. Zal ik vragen of hij jou terugbelt?

Als het u hetzelfde is geef hem dan maar met-een mevrouw.

Dat is ook goed, zei mevrouw Van der Spek. Peter! Er is iemand voor je aan de lijn. Zij wist er dus van, maar wilde zich op de vlakte houden.

Mét Peter van der Spek, klonk het opgewekt. Alleen al die stem die ze nu weer hoorde.

Hoi, zei ze maar.

God Monika, ben jij het?

Monika zei nog eens: hoi. Het bleef stil aan de andere kant van de lijn.

Toen viel Monika tegen hem uit. Ja, sorry hoor, als je nog eens wat weet. Als je niets anders weet dan je zo belachelijk aan te stellen. Dat je me te-genkomt, goed dat kan iedereen gebeuren, maar als je dan niks anders weet dan hoi met je uitge-streken smoel. Ik vind dat iets! Zo laf, zo lullig... terwijl... terwijl... Verder wist ze het zo gauw niet.

Goed, ik kom wel even langs oké? zei Peter vlug.

Monika begreep het wel. Peter stond daar bij de telefoon op de gang. Zijn moeder kon alles vanuit de keuken horen, terwijl die natuurlijk net deed of er iets afgewassen moest worden. Ze zag het hele-maal voor zich. Maar Peter zou komen! Een soort paniek overviel haar. Hoe moest het nu verder? Zou ze vlug haar kamer in orde maken? Zou ze vlug iets anders aantrekken of zou ze nog iets aan haar ogen doen? Tijd genoeg, Peter zou nu pas merken dat hij met twee lege banden zat.

Ik doe wel open! Het is toch voor mij! riep Monika toen de bel ging. Ze was moeder voor. Peter
stond op de stoep. Kom gauw boven, zei ze kortaf.
Op haar kamer struikelde Peter bijna over een
bakje chips, maar dat had Monika eigenlijk een
beetje expres zo neergezet, om hem in de war te
brengen. Nu zaten ze dan tegenover elkaar. Hij op
de rand van het opklapbed en zij niet naast hem,
maar keurig tegenover hem in het rotanstoeltje.

Ja, zei hij, hoe gaat het nou?

Klote, zei ze en zo was het tenslotte ook. Ze
kauwde chips en keek hem recht aan zonder iets te
zeggen. Dat kan ik ook niet helpen, zuchtte Peter.
Hij frummelde wat aan zijn piekhaar.

O nee? Nou ík heb het gevoel of ik ontslagen
ben zonder dat ik weet waarom. Waarom wil je
het toch uitmaken, Peter? Ik begrijp het nog
steeds niet. Het ging toch goed tussen ons?

Ja jezus. Ik weet niet. Ik weet me ook geen raad.
Ik vind als je verliefd bent, dan hoor je toch hele-

maal weg te zijn van mekaar. En ik heb het idee dat het niet meer zo is tussen ons. Ik bedoel ik vind je wel lief, maar...

Maar je vindt me een trut. Zeg het maar eerlijk als je durft. Je vindt me stom, of niet soms?

Nee, hoe kom je daar nou bij? Het ligt heus niet aan jou. Je bent en blijft een prima meid, daar niet van. Ik vind je aardig, echt waar. Ik heb niet de pest aan je. Ik ben alleen gewoon niet verliefd meer. Ik heb ook zoveel andere dingen aan mijn kop. Op school lig ik ontzettend achter. Mijn paasrapport wordt shit. Mijn moeder blijft aan mijn hoofd zeiken. Ik weet het allemaal niet meer zo precies. Het is voor mij ook niet zo makkelijk alles bij elkaar.

Hij keek haar hulpeloos aan.

Je zou nog medelijden krijgen met zo'n joch.

Maar in ieder geval, zei hij ten slotte, wil ik niet dat jij denkt dat je een trut bent. Ik wil niet dat we stommetje spelen als we elkaar weer eens tegenkomen. Ik zou graag willen dat we gewoon als goede vrienden met elkaar omgaan. Gewoon zonder toestanden.

Dat zou ik graag willen, en jij?

Moeilijke vraag voor Monika. Die jongen kon

zo ongelofelijk goed praten. Ze geloofde dat hij het meende. Echt een rotzak was hij nog steeds niet. Vergeleken bij verliefd zijn is goeie vrienden blijven natuurlijk op zich niks. Maar beter dat soort niks dan helemaal niks.

Als ze nu nee zei was ze hem helemáál kwijt. Alles liever dan dat.

Goed, zei ze maar, en schoof de chips naar hem toe. Daarna was hij weer als vanouds. Hij vroeg haar uitgebreid hoe het met het toneelstuk ging, hij vertelde heel geestig over zijn afgang in het atletiekteam van zijn school, lange afstandsloop, en hij had het heel eerlijk over zijn plannen na zijn eindexamen. Verder wist hij haarfijn uit te leggen wat er niet deugde aan de laatste plaat van de Police.

Monika luisterde maar half, ze vond het prettig om zijn leuke lachende gezicht te zien en zijn lange handen. Het was weer bijna net als vroeger. Ze voelde zich ook zo vertrouwd bij hem. Ze ging naast hem zitten omdat de chips op waren. Ze legde haar hand op zijn knie.

Toe nou meid, zei hij, we gaan toch niet weer beginnen hè?

Hij stond op, keek bijna kwaad en zei dat hij

maar eens moest gaan. Een paar minuten later was hij weg en Monika ruimde de spullen op.

Het was moeilijk om vrienden te blijven merkte ze. Als hij er is, lijkt alles even zoals het eerst was. Nu hij weg is, is het net of hij het opnieuw heeft uitgemaakt. Monika moest weer helemaal van voren af aan wennen aan het idee dat het uit was. Ze huilde alweer.

Wedstrijdje

De toneelrepetitie zou dit keer bij Henk thuis zijn, 's middags na school. Henk woonde een eind buiten de stad, voorbij de Uithof. Maar Monika vond dat wel lekker, zo'n eind fietsen, al had ze dan tegenwind.

Voorbij de rotonde werd ze ingehaald door een man in een opschepperig sportjasje. Om de één of andere reden kon Monika dat niet goed hebben. Ze zette vaart en bleef vlak achter hem rijden. Ze merkte dat het haar niet eens zo veel inspanning kostte om aan zijn wiel te blijven hangen en besloot om hem voorbij de spoorwegovergang in te halen. De man werd er kennelijk door verrast, zodat Monika meteen een forse voorsprong kon pakken.

Ze trapte stevig door, maar een kilometer verder merkte ze, dat die vent haar achterop aan het komen was. Dat was toch het toppunt!

Zometeen zou ze nog verliezen van zo'n oude kerel.

Ze racete als een gek door, stampend en hijgend, over haar stuur gebogen. Ze voelde een steek in haar zij, maar dat kon haar niets schelen, ze bleef dit waanzinnige tempo volhouden.

Toen ze in de buurt van Henks huis kwam, keek ze nog even om. De man met het sportjasje sloeg net linksaf, hij had dus opgegeven en zij had gewonnen na een geslaagde démarrage! Hijgend en bezweet kwam ze bij Henk aan.

Wat heb jij gedaan? vroeg Henk.

Gewoon een beetje afzien en mijn conditie op peil houden, zei ze achteloos.

Al die tijd had ze niet aan Peter gedacht, bedacht ze, behalve dat ze er nu aan dacht dat ze niet aan hem gedacht had.

Doe het nou nog een keer over en denk er nou eens niet aan dat je het tegen het publiek hebt, zei Bert Pijl tegen Henk. Voor de zoveelste keer namen ze de grote liefdesscène van Lorca door.

Je hebt het tegen Monika, ik bedoel de schoenmakersvrouw.

Doe maar even net of zelfs ik er niet ben, ging Bert Pijl verder. Je doet erg je best om goed te spelen, dat weet ik wel. Maar je moet ook eens durven het van binnenuit te voelen. Je wil er achter komen of zij nog steeds van je houdt. Je hebt je vermomd om haar te testen, maar je durft haast niet te geloven dat zij van je houdt. Concentreer je daar nu op, ja?

Henk en Monika vonden allebei dat Bert Pijl nogal overdreven deed als hij zo artistiek praatte.

Monika had het toneelstuk ook nogal romantisch gevonden, al waren er wel grappige dingen in. Wie blijft er nou twaalf jaar liefdevol wachten op een man die niets van zich heeft laten horen?

En dan moet jij hem ook meer tegenspel geven Monika, zei Bert Pijl. Dat helpt hem. Je moet de scène spelen, niet de rol.

Henk en Monika keken elkaar aan met een gezicht van, die Pijl, die heeft het weer, laat hij doodvallen. Hij kan de pot op, wíj moeten het tenslotte spelen. Monika vond dat nog niet eens zo'n gek idee voor beginnende acteurs.

Ze begonnen maar weer:

De man:	Het spijt me maar ik moet verder voor het avond wordt. Maar ziet u, de wereld is klein... Als ik uw man toevallig zou tegenkomen op mijn zwerftochten wat moet ik hem dan zeggen?
De vrouw:	Zeg hem maar dat ik gek op hem ben.
De man:	En wat nog meer?
De vrouw:	Dat ik hem, al is hij dan over de vijftig, eleganter en charmanter vind dan alle mannen in de wereld.
De man:	U bent geweldig, u houdt net zoveel van hem als ik van mijn vrouw hou!
De vrouw:	Nog veel meer.
De man:	Dat is haast onmogelijk.

En toen begon het opeens te gebeuren. Het kon Monika niets meer schelen. Die wonderbaarlijke schoenmakersvrouw was tenslotte ook jaren lang uitgelachen omdat ze van een man hield die haar waarschijnlijk in de steek gelaten had. Maar daar was ze trots op geweest, ze had zich niet van haar stuk laten brengen, ze was eigenwijs genoeg.

De vrouw:	Vertel hem vooral dat ik op hem wacht. De nachten zijn zo lang in de winter.
De man:	Dus hij zou welkom zijn?
De vrouw:	Nog meer dan de koning en de koningin samen.
De man:	En als hij nu toevallig ineens voor u stond?
De vrouw:	Ik denk dat ik gek zou worden van geluk.

Ze keek Henk strak aan en ze meende wat ze zei. Ze moest er niet van huilen, maar ze dacht wel even aan Peter.

Henk keek verbaasd. Wat zullen we nou hebben, zag je hem denken en hij bloosde ervan. Maar toen pakte hij het op. Hij nam haar serieus en ging even eerlijk als zij door, stotterend en zacht zonder eraan te denken of de achterste rijen met de brugklassertjes het wel zouden verstaan bij de voorstelling.

De man: *Dus u zou hem zijn stommiteiten vergeven?*

De vrouw: *Die heb ik hem allang vergeven.*

De man: *Zou u willen dat hij nu terug zou komen?*

De vrouw: *Als dat eens zou gebeuren...*

De man: *Hier is hij!*

De vrouw: *Wat zeg je me nu?*

De man: *Ik kan het niet langer meer houden* (rukt zijn vermomming af). *Schat van mijn hart.* (De schoenmakersvrouw staat als versteend. De schoenmaker komt voorzichtig op haar af, neemt haar in zijn armen en kust haar.)

Dat was de hele scène. Langzaamaan werden ze weer een beetje Monika en Henk. Ze grinnikten verlegen en keken om zich heen.

Kijk, dat bedoel ik nou, zei Bert Pijl tevreden.

Of ze 's avonds op kon passen bij de buren schuin tegenover, Klaas en Hanna van Drunen. Dat leek Monika wel wat. Hun zoontje Jan-Jaap was niet zo'n dreinige kleuter, maar een grappig jochie. Bovendien hadden ze een mooie geluidsinstallatie en verder was een avond babysitten een welkome aanvulling op haar zakgeld. Ze had toch al zoveel uitgegeven de laatste tijd.

Ze had zich die avond net geïnstalleerd met de cola, de zak pretletters en haar huiswerk Engels, een langdradig verhaal van Allan Poe dat je op je lijst kon zetten, toen Jan-Jaap al om de hoek kwam kijken in zijn snoopypyama.

Zeg weet je, begon hij, beer heeft de bal zoekgemaakt.

Zo, zei Monika, heeft beer jouw bal zoekgemaakt?

Ja, zei Jan-Jaap beslist, beer heeft de bal zoekgemaakt.

Hij griste een pretletter weg.

Dat kan nog een spannende discussie worden, dacht Monika, als we de hele avond zo doorgaan.

Maar beer mag toch bij mij in bed, ging Jan-Jaap verder, voor als de korkodil komt. De korkodil is gemeen. Weet je Harmonika, als pappa en mamma niet terugkomen, blijf jij hier dan wonen? Want de korkodil...

Hij kroop tegen haar aan. Monika aaide hem over zijn bol.

Was die arme jongen nou echt een beetje bang of probeerde hij tijd te rekken om op te mogen blijven? Ze nam hem op schoot en legde het spookverhaal van Poe opzij. Dat was kennelijk precies de bedoeling.

Pappa en mamma komen heus terug, zei ze, ze zijn naar de film maar als de film afgelopen is, willen ze echt weer terug naar Jan-Jaap. Hoe zou het toch met Jan-Jaap zijn? zeggen ze dan, we moeten hem maar gauw gaan opzoeken. Gelukkig dat Monika op hem past.

Ja, Harmonika past op hè? zei Jan-Jaap.

Zo is dat, zei Monika en daarom breng ik je nu naar bed.

Eerst moest ze nog voorlezen uit 'Het rijk der dieren', uiteraard vooral over de krokodil. Maar langzamerhand soesde Jan-Jaap toch zo'n beetje weg, zijn duim in zijn mond.

'Het park waar wij samen hebben gezeten / heeft nog de vijver met de zwaan / waarom kan ik nog steeds niet vergeten / waarom ben je toch ver vandaan heengegaan?'

Dit werd juist gevoelig voorgelezen in het radioprogramma Candlelight, toen Monika uit de kinderkamer een vreselijk gegil hoorde.

Ze sprong op, holde ernaartoe en deed het licht aan. Jan-Jaap zat, helemaal overstuur, rechtop in zijn bedje.

De korkodil! riep hij, korkodil was daar, daar in de hoek! Stil maar, stil maar, troostte Monika, er is geen krokodil, kijk maar. Je hebt gedroomd, je hebt een nachtmerrie gehad, dat is zoiets als naar dromen.

Jan-Jaap vertrouwde het maar half. Hij hield de krokodillenhoek goed in de gaten.

Ben jij wel eens bang? vroeg hij.

Ook wel hoor, zei Monika. Niet voor krokodillen, maar bang om alleen te zijn.

Maar nu zijn we niet alleen hè? zei Jan-Jaap en hij lachte. Nee hoor, we zijn bij elkaar. Monika zoende hem.

Ze zochten de foto van de krokodil in het boek op. Bij die foto moest het boek open blijven liggen naast Jan-Jaaps bedje.

Als de korkodil komt, dan ziet hij het, dan weet hij dat hier een korkodil is, legde Jan-Jaap uit.

Monika stopte hem in. Je bent een dapper jongetje, zei ze, weet je dat?

Hij sliep al.

De volgende avond kwam Hanna van Drunen langs met een grote tekening van een krokodil. Voor lief Moka, stond erbij.

Het is echt raak hoor, zei Hanna. Hij heeft het de hele tijd over je. Hij wil met je trouwen, geloof ik. Hij is in ieder geval een fan van je voor het leven. Je hebt een fanclub met alvast één lid: Jan-Jaap.

Monika glimlachte. Zoiets is toch een opstekertje.

Tussen de middag, onder maatschappijleer en in de pauze, zat Monika fanatiek te breien. Behoorlijk dikke pennen, viertjes, dan schoot het op. Het zag er wel truttig uit maar dat kon haar niets schelen. Misschien was ze ook wel een trut, maar ook trutten moeten iets omhanden hebben. Anders zat ze toch maar de hele tijd te friemelen aan haar lange haarslierten. Ze had een onaffe trui onder in de klerenkast gevonden. Een fel rood schouderstuk van ver vóór Peter zijn tijd. Ze was nu in diep donkerblauw doorgegaan omdat haar smaak veranderd was.

Bert Pijl kwam naar haar toe. Speciaal om haar te zien was hij niet naar de leraarskamer gegaan. Toch aardig van hem. Hij brandde zijn vingers aan de twee plastic bekertjes koffie die hij meenam. Hij was nog steeds enthousiast over de toneelrepetitie.

Het ging goed de laatste keer hè, zei hij, je was werkelijk goed op dreef. Merkte je dat je Henk daardoor ook meetrok?

Monika moest lachen. Ze geloofde maar half wat hij zei, alleen was het dit keer prettig om te horen.

Je ziet er beter uit, zei Bert Pijl hartelijk. Ben je er al een beetje overheen dat het uit is met je vriendje? Monika kreeg meteen weer een diepe rimpel in haar voorhoofd.

Ik weet niet, zei ze, we zien elkaar nog wel zo nu en dan. Hij wil dat we goeie vrienden blijven. Maar ik kan het niet helpen, ik hou nog steeds van hem. Als hij dan weer weg is voel ik me weer net zo rottig als... als toen.

Ze hield haar mond maar. De koffie kwakte bijna uit het bekertje omdat ze er te hard in kneep. Ze ging weer vlug verder met breien. Bert Pijl zuchtte.

Vertel mij wat, zei hij, dat is vreselijk als ze zogenaamd vrienden willen blijven. Daar helpt maar één ding tegen: kappen met die handel, afkicken van die jongen. Het is vreselijk, maar nodig. Anders blijf je aan je verdriet hangen, als je geen afstand neemt. Het is hartverscheurend dat wel, leuk is anders. Maar zo'n halve vriendschap, dat doet die jongen ook alleen maar om een beetje een aardige indruk te maken. Je krijgt hem er echt niet mee terug. En het blijft je dwars zitten. Ik weet er alles van. Ik heb dat ook eens meegemaakt, dat iemand me, god weet waarom, niet meer hebben wou. Maar ja, wel goeie vrienden blijven, nota bene. Alsof ze niet begrijpen wat ze je aan doen. Alsof het nooit zo diep gezeten heeft. Vrienden blijven, ik kan er nóg kwaad om worden. Hij keek haar ontwapenend eerlijk aan.

Ammehoela. Da's makkelijker gezegd dan gedaan, dacht Monika, maar een volwassene die zo persoonlijk met haar aan het praten was, dat gaf haar toch een kick, al ging het dan over droevig liefdesverdriet. Gelijk heb je, zei ze zachtjes, het is precies zoals je zegt. Hoe oud was je toen je dat overkwam?

Bert Pijl gooide zijn bekertje naar de prullenbak. Mis. De bel ging al. Dat is het hem juist, zei hij nog, het was niet vroeger. Het was vorig jaar, nog geen jaar geleden.

Op haar nieuwe plaat ontleent Lenny Kuhr weer veel materiaal aan haar vriend Herman Pieter de Boer. Lenny zelf zegt erover... Verder kon je de ouwe krant niet lezen want de verfbus stond erop. Flexa structuur gebroken wit. Monika roerde traag in de verfbus. Haar hele kamer zou anders worden. Het prikbord met de vakantiekaarten, de poster met het zeehondje, ja zelfs de kop van David Bowie uit de middenpagina van de *Varagids*, alles moest weg. Bowie bleef natuurlijk goed voor langspeelplaten, maar zijn smoelwerk aan de muur, daar was ze nu te oud voor. De paars-rode muur, de deur, alles moest strak en wit worden, alle frutsels en fratsels overboord.

Halverwege de rode wand hield ze even op. Ze had voor het verven het bed zolang onder het raam gezet, en nu ze het zo zag, was dat niet eens zo'n gek idee. Ze zou ook witte gordijnen nemen en ze kon de oude gordijnen als beddensprei gebruiken en de beddensprei als vloerkleedje en dan kon het oude vloerkleed de deur uit. Dat was het. Ze ging het meteen proberen. Het gaf weer een heel ander effect. Haar bureautje moest nu natuurlijk op de plaats van haar bed. En toen ze daarmee aan het schuiven was, gebeurde het. Een lelijk maf portemonneetje viel uit een vakje. Peter had dat nog voor haar gewonnen op een kermis. Ze maakte het open terwijl ze wist wat er in zat, een pasfoto van hem. Verdomme. Meteen had ze het niet meer. Alweer janken.

Verdomme. Snikkend en scheldend smeerde ze met grote halen gebroken wit al het rood afdoende weg.

Het moest er toch eens van komen. Ze ging er echt voor zitten. Ze haalde diep adem om moed te scheppen. Deur op slot en kaarsen klaar, plastic vuilniszak bij de hand. Het afscheidsfeest kon beginnen. Ze had besloten om alles wat nog aan hem herinnerde de deur uit te doen.

Ze had zich er zelfs een beetje voor opgemaakt want het ging tenslotte om een speciale gelegenheid.

Ze werd gek van al die geheugensteuntjes in haar kamer. Vroeger had ze lol in al die kleine aanleidingen voor leuke herinneringen. Dan stond die plaat waarbij ze elkaar hadden leren kennen op, of ze vond achter in haar agenda zijn voorletters 86 keer uitgeprobeerd. Nu voelde ze telkens even een venijnige pijn als er maar even iets was dat een flintertje Peter terughaalde, al was het maar de Marlboro-aansteker die ze van hem geleend had en nooit teruggegeven. Ze stak er nu de kaarsen mee aan en plopte de aansteker in de vuilniszak.

Het lelijke portemonneetje ging er achteraan, zijn pasfoto hield ze nog even achter. Dan was er nog een ringetje met een paars amethist steentje. Het was waarschijnlijk nogal duur geweest en ze was er ook heel erg verschrikkelijk blij mee indertijd. Daarom alleen al zou ze het nooit meer dragen, ze deed het nog eenmaal aan, streek er met haar vingers over en kreeg tranen in haar ogen. Maar het lukte haar om de ring tenslotte heel beslist in de vuilniszak te mikken. Dat was dat en opgeruimd staat netjes. Het Bouquetreeksboekje *Kijk niet om Monika*, had hij zomaar voor de lol voor haar gekocht. *Van Peter voor Monika* stond erin. Ze moest er toch nog even om lachen zoals toen ze het elkaar hadden voorgelezen. Verder was het geen probleem om het weg te gooien. Opheffingsuitverkoop, weg die handel. Alles moet weg, wegens familieomstandigheden, dus alles zál weg.

Nu was het kleine stapeltje brieven aan de beurt en dat was moeilijker.

Kan jij nog wat platen meenemen voor het feestje bij Henk op zolder vrijdagavond? Mvrgr Peter, Henk, Jaap.

Ze hadden iedereen zo'n kaartje gestuurd met mvrgr. Niks bijzonders. Maar die avond was het aangeraakt en dat was wel heel bijzonder.

Of neem nu zo'n briefkaart van een paar dagen daarna. Die romantische foto van een paar met tegenlicht bij zonsondergang had nog een tijd boven haar bed gehangen totdat de poes hem eraf geslagen had. Jaloers kreng dat beest. Maar het ging om de achterkant.

Lieverd. Ik moet de hele tijd aan je denken. Dat kan ik niet laten. Niemand ziet het aan me (denk ik) want niemand weet het nog. Ik heb telkens binnenpretjes om jou. Of is binnenlol een beter woord? Allemaal door jou. Wat kan jij veel. 10.000 kusjes en een lekkere zoen van je Peter.

Op de postzegel had hij een knipoog in het gezicht van Beatrix getekend. Schattig toch?

Dan was er de brief die ze vrijwel uit haar hoofd kende. Ze had hem vaak overgelezen, 's avonds in bed bijvoorbeeld terwijl ze zichzelf schaamteloos over haar buik aaide.

Mijn enige Mimamonika! Ik schrijf dit onder aardrijkskunde. Dat is bij Van Vonderen en die heeft de pik op mij. Hindert niet ik op hem ook. Hij zit altijd te zeiken en vandaag weer. Dat ik mijn werkstuk niet goed gedaan had en dat ik me er niet vanaf moest maken, dat soort gelul. Maar ik dacht gewoon jij kan me niets maken man. Ik heb toevallig een meisje en de rest kan mij niets schelen. Ik weet niet hoe het komt maar ik voel me zo sterk sinds ik met jou ben. Ik vind je zo lief omdat je zo mooi bent. Jij gaat er altijd zo ernstig van kijken als we elkaar opvrijen, dat vind ik zo lief van je. Bij mij is het net zo maar anders. Toen we gisteravond stonden te vrijen bij de Mariaplaats toen merkte je wel dat ik een stijve had denk ik. Sorry hoor. Moet je maar niet zo'n lekkere meid zijn. Het is voor ons jongens lastig. Vooral bij het fietsen naar huis. Bij de brug van de Vrouwenpoort had ik het nog. Kan je nagaan hoe fantastisch je bent. Trouwens gisteren... Ik moet stoppen. Van Vonderen kijkt telkens mijn kant uit. Lange tong-kus van Peter.

Is dat een mooie liefdesbrief of is dat geen mooie liefdesbrief? Dat is een prachtige liefdesbrief. Als zo'n jongen zulke dingen kan schrijven waarom maakt hij het dan in godsnaam uit? Zou hij het dan niet gemeend hebben? Zou het dan niet zo diep zitten bij jongens? Maar hij is toch niet zoals andere jongens? Peter waarom, Peter waarom, Petertje waarom? Monika liet zichzelf voluit tranen met tuiten huilen.

Tussen die tranen door las ze de brief nog één keer goed over. Toen gingen de brieven, de kaart én de foto aan flarden en snippers. Dat ging allemaal in de asbak en heel plechtig stak ze de hele hartverscheurende handel in de brand. Ze was er trots op dat ze durfde te blijven kijken hoe de papiertjes met halve woorden en stukjes foto met half oor blakerden en fikten. Zachtjes blies ze om het aan te wakkeren. Ze gaf het vuur alle tijd om kalmpjes uit te gaan. Ze nam de asbak mee naar de wc. Ze gooide alles erin. Ze haalde diep adem en trok door.

Die barst in het plafond in de vorm van een soort vogel, die kende ze nu wel. Ze lag er naar te staren 's ochtends vroeg. Langzaam drong het tot haar door: het is allemaal niet waar, het is doodgewoon uit met Peter, nog steeds. Ze moest iets moois gedroomd hebben. Ze was met Peter in een park waar om een of andere reden geen fietsen mochten komen.

Er was een rosarium zoals bij het Wilhelminapark, maar dan met watervallen en fraaie fonteinen. Ze liepen er samen door op lichte, verende gymschoenen. Zoiets, ze wist het niet precies meer.

In ieder geval was het rot om er weer langzaam aan te moeten wennen dat het uit was, allang, al bijna twee weken. Ze durfde niet opnieuw in slaap te vallen. Ze stond op en keek naar buiten. Daar was het al even grijs en miezerig als binnen. Dat kwam goed uit, haar hoofd stond toch niet naar een vrolijk ochtendzonnetje. In de spiegel zag het er niet veel beter uit, piekerig haar en holle ogen. Ze kon wel een beetje de schuld geven aan dat botte licht van de tl-buis, maar dan nog. Ze voelde zich tenslotte ook precies zo als ze eruitzag.

Met een nare smaak in haar mond liep ze naar beneden naar de huiskamer. Ze drentelde wat rond en ging tenslotte op de grond zitten op het vloerkleed tegen de hoek van de bank met opgetrokken knieën. De digitaalklok had het toen 06: 14. Het begon buiten al waterig licht te worden. Ze ademde diep met open mond. Een vervelend gevoel had ze, alsof je moet boeren maar het wil niet komen. Ze bleef ineengedoken zitten rillen en wachtte maar af of het allemaal overging. Anderhalf uur later werd ze gevonden.

Wat zit je daar, wat doe jij hier, wat zie je eruit! riep moeder verbaasd in haar duster.

Ik weet niet, ik voel me rot, mompelde Monika.

Dat zou ik ook zeggen ja. Laat me je voorhoofd eens voelen. Kon je niet slapen dat je hier zit te zitten? Zouden we je niet eens een dag thuishouden?

Ach nee, ik ben toch niet ziek?

Monika wilde eigenlijk wel naar school. Daar had je tenminste wat te doen, daar had je mensen om je heen, daar had je geen tijd om te piekeren.

Je bent doodgewoon doodmoe. Jij blijft thuis, zei moeder zonder meer. Ze ging een deken van boven halen. Monika mocht op de bank in de huiskamer een beetje bijkomen. Ze krulde zich op en voelde zich weer een beetje Monika-met-de-mazelen. Het boek van Nijntje Pluis dat ze uit haar hoofd kende naast zich en een lieveheers-be-kertje vruchtensap met zo'n mooi blauwwit rietje dat buigen kon. Net zoals toen werd ze ingestopt, geknuffeld en verwend.

Moeder glimlachte, ze dacht hetzelfde en had er plezier in. Stoeltie, de poes was het met alle maat-regelen helemaal eens. Hij zag zijn kans schoon om zich met de pootjes netjes naast elkaar boven op Monika te parkeren. En maar ronken en maar knetteren. Monika aaide hem langdurig en nog langer. Ze ging vanzelf door met strelen en ze luis-terde naar het spinnen. Dat duurde minstens twee uur.

Die middag ging ze de boekenkast langs om iets te lezen te zoeken. Maar er was niets waar ze zin in had.

Op de onderste plank stonden de fotoalbums en die ging ze weer eens doorbladeren. Vroeger had ze het altijd prachtig gevonden om zichzelf als klein kindje te bekijken, de laatste tijd had ze er niet meer naar omgekeken.

Nu zag ze het allemaal weer terug. Kleine Monika in de mand met de hond van de buren, Monika aan het strand, bezig een branding van tien centimeter hoog te trotseren, Monika bloot in de tuin van oma met een tuinslang in de aanslag, Monika met vriendinnetje Sandra boven op het klimrek, Monika in de klas van juffrouw Holdert met een paarse viltstift in de hand, Monika die haar vader de werking van het poppenfornuisje uitlegt.

Monika legde het album neer en staarde voor zich uit. Wat was er toch overgebleven van dat nieuwsgierige, vrolijke meisje van de foto's?

Het is namelijk uit met mijn Japie namelijk, vertelde Marjan.

Nu was Marjan dus aan de beurt. Zo tragisch was het nu ook weer niet. Het had nog geen twee weken geduurd en bovendien was zij het die hem de bons had gegeven, dat scheelt nogal wat in ellende. Toch had ze het er zo moeilijk mee, dat ze zich nu een beetje een verdrietcollega van Monika voelde.

Hij bleef er altijd zo lauw onder, die slome klootzak, kankerde ze, altijd een andere kant uitkijken, altijd aan iets anders denken, nooit met zijn hoofd er helemaal bij. Maar wel met zijn handen, giechelde ze.

Al die knullen durven niks anders dan de boot afhouden, zei Monika. Neem mij nou. Ik ben met hart en ziel op Peter gevallen, met als enig gevolg dat ik des te erger mijn kop stoot. Voorlopig begin ik nergens meer aan. Ik vertrouw jongens voor geen ene moer meer, vooral leuke jongens niet.

Arme Henk, dacht ze even. Best een aardig joch, zeker bij het toneelspelen, maar hij maakte geen enkele kans. Dat kon hij niet helpen, dat was Peters schuld.

Monika vertelde nu ook hoe ze een fikkie had gestookt van Peters brieven.

Goh, zei Marjan, dat je dat durft. Ik zou toch eerst nog een fotokopietje hebben gemaakt vóór ik zoiets deed. Maar van Japie heb ik geen enkel liefdesbriefje. Die jongen deed bij mij helemaal niets schriftelijk.

Omdat het aan het eind van de maand was, vlak voor Pasen, hadden ze net zakgeld gekregen. Zo hadden ze helemaal een goede reden om die middag naar platenzaak De Discus te gaan. Ze wilden alle twee een cassette hebben, Monika voor haar recorder, Marjan voor haar walkman. Monika had haar pasgebreide trui aan en Marjan had die walkman bij zich en ze had er van die tweepersoons oorkleppen aan. Dus ze konden samen op de maat van stokoude Rolling Stones als echte Honky Tonk Women de winkel binnenlopen zonder dat iemand in de zaak het aan ze kon zien. Ze lieten zich eerst aan de luisterhaken André Hazes voordraaien en zongen luidkeels mee. Maar omdat de klanten van de klassieke afdeling daar op den duur last van kregen mocht dat niet meer van de verkoopster. Of ze nu maar eens wilden beslissen of ze die plaat nu wilden hebben of niet.

Geef dan toch maar die cassette van Bowie, zei Marjan na zogenaamd lang nadenken. Naja, Bowie, dat moest Marjan zelf maar weten.

En ik wil de nieuwe van de Police, zei Monika opeens beslist.

Police? Wat heb jij opeens met de Police? vroeg Marjan. Ik weet zeker dat Peter er niets aan vindt, zei Monika. Zodoende.

Dan is het wat anders, zei Marjan, al is het een schrale troost, de Police. Ze begreep het in ieder geval.

Buiten liepen ze nog een eind met Marjans nieuwe bandje in de walkman. Ik moet nu naar huis, zei Marjan. Je mag hem wel tot morgen lenen, als ik daarna toch jouw Police-bandje mag overnemen.

Dat was aardig van Marjan. Zo'n walkman is toch maar een mooi bezit voor mensen die het moeilijk hebben, dacht Monika. Ik zou er eens voor moeten gaan sparen als ik wat meer op orde ben.

Maar eerst had ze nog iets anders te doen, ze had een afspraak bij de kapper.

Je zou voor de voorstelling een hoge zwarte pruik op moeten, had Bert Pijl gezegd, dan zal je eens zien hoe Spaans je eruitziet. Je voelt je dan ook meteen Spaanser. Ik weet alleen niet of we al je lange blonde lokken onder zo'n pruik kunnen wurmen.

Het mocht er van Monika best af. Zo'n kort koppie is weer eens wat anders, veel volwassener ook. Eigenlijk had ze het al van haar kleuterschool af lang gehad met een scheiding in het midden.

Maar je hebt het van de kleuterschool af al lang gehad, had moeder dan ook gezegd. Die had het er echt moeilijk mee. Háár vlechtjes waren eraf gegaan toen zij zestien was, vertelde ze. Waar blijft de tijd.

Maar laat het dan in ieder geval doen bij een echte goede kapper, had ze nog gezegd, bij mijn kapper. Dan subsidieer ik dat de eerste keer. Ze had speciaal een afspraak voor meneer Frans van Maison Curly gemaakt.

U bent zeker de dochter van mevrouw, zei meneer Frans vriendelijk, dat zie ik zo wel.

Flauwekul, want Monika leek vooral op haar vader, volgens haar vader, en die had meneer Frans nog nooit gezien. Maar goed. De walkman moest natuurlijk even af anders is het zo lastig knippen. Meneer Frans zette zijn plannen uiteen. Hij was zo beleefd en aardig dat Monika zich daardoor alleen al veel volwassener ging voelen.

Ziet u, zei hij tegen haar spiegelbeeld terwijl hij haar lokken een beetje friemelend optilde, u hebt een mooi hoog voorhoofd en door uw jukbeenderen een sprekend gezicht. Dat gaan we wat beter laten uitkomen. Het zou jammer zijn om dat onder al dat haar te verstoppen, nietwaar? Aan de achterkant maar iets gedekt houden om de hals een accent te geven?

Monika vond alles best zoals hij het zei. Ze liet haar hoofd achterover zakken tegen de spoelbak en sloot haar ogen. Ze liet zich beknippen en befrunniken terwijl ze daar loom en ontspannen onder het witte laken in de luie kappersstoel zat. Ze staarde maar zo'n beetje voor zich uit naar het flesje biologische lotion, van Professor Pekelharing.

Is zoiets ongeveer ergens de bedoeling enigszins? vroeg meneer Frans na een hele tijd. Nu pas liet Monika voor het eerst naar zich kijken. Daar zat een totaal vernieuwde Monika en dat beviel haar wel. Ze deed haar kin naar voren, zo leek ze wel Fay Lovsky aan het strand bij tegenwind, maar dan blond. Ze fronsde ook even haar wenkbrauwen.

Is het niet helemaal wat u dacht? vroeg meneer Frans.

Nee, ik wou kijken of het me ook zo mooi staat als ik kwaad kijk, zei ze.

Meneer Frans moest lachen, hij haalde collega juffrouw Corry erbij, die moest ook komen kijken. Ze moest wéér haar wenkbrauwen fronsen en juffrouw Corry vond het zo ook prachtig. Ze dronken alle drie een kopje koffie en het werd steeds gezelliger. Tenslotte ging meneer Frans met de haardroger aan de slag om het zorgvuldig af te maken. Haar lange lokken op de vloer werden weggeveegd, het witte laken ging af, ze mocht opstaan en ze kon zichzelf nu van top tot teen in de spiegel bekijken. Het was nog steeds wennen, maar het was leuk wennen.

Dank u wel, zei ze uit de grond van haar hart tegen meneer Frans. Ze gaf hem opeens een hand. Meneer Frans werd er ook verlegen van. Alsjeblieft, zei hij, een attentie van de zaak. Hij drukte haar een monsterflesje *Je Reviens* in handen.

Buiten op straat voelde Monika zich ponden lichter, want zo voelt dat met zo'n kort koppie. Voorzichtig deed ze de dopjes van de walkman in haar oren en met grote passen liep ze de Zadelstraat door tegen de ondergaande zon in. In de spiegelruiten van de etalages zag ze zichzelf lopen, ze deed haar schouders nog rechter en haar hoofd nog meer naar achteren. Haar gezicht was tevoorschijn gekomen en het mocht er wezen.

Op de muziek van de Police liep ze verder. Ze had haar eigen soundtrack, ze wandelde in haar eigen film.

De brief

Lieve Peter

De deur van mijn kamer is op slot, niemand kan me storen, het wordt tijd dat ik je een echte afscheidsbrief schrijf. Ik vind het maar moeilijk, maar het moet, anders blijf ik zeuren en ik moet van je af. Ik wil je niet meer zien.

Ik ben het er niet mee eens dat je het uitmaakte. Ik vind het vreselijk.

Ik hou nog steeds van je, denk ik. Maar ik weet wel dat het afgelopen is tussen ons.

Ik heb zo vaak aan je gedacht. Ik heb me zitten herinneren hoe het begon. Ik wist nog van niets maar toen ik je voor het eerst zag op dat feestje op zolder met Abba, toen moesten we alle twee lachen om hetzelfde. Ik weet nog dat ik het prachtig vond om bij je in de buurt te zijn en om je met mijn stomme opmerkingen aan het lachen te krijgen want dan zag je er zo leuk uit. Nog steeds trouwens. Ik wist nog niet dat ik eigenlijk al verliefd was. Begrijp je nou waarom ik

zo verbaasd was dat jij verliefd op mij was? Ik wist niet wat me overkwam, ik had zoiets nog nooit meegemaakt. Er waren wel eens jongens die iets met me wilden maar dat was nooit veel. Met jou wilde ik opeens ook. Het was zo gek en ik was er zo blij mee. Jij vond mij zo geweldig en fantastisch, zei je en dat meende je. Ik was daar helemaal ondersteboven van, weet je dat? Ik dacht altijd, ik vind mezelf maar stom en iedereen zal mij wel stom vinden. Maar door jou voelde ik me helemaal het einde. Toen ik je leerde kennen was ik hard op weg een somber tiep te worden. Ik dacht maar aan de bom en de natuur en de schooltoetsen en de hele zooi. Nu ook nog wel maar ik lig er niet meer wakker van. Weet je nog die keer bij de Mariaplaats? Je was zo ondersteboven van me toen we daar stonden te vrijen, je had bijna tranen in je ogen. Je wou het niet laten merken maar ik zag het wel. Nu weet je dat ik dat gezien heb en ik zal het nooit vergeten. Je zal denk ik wel nooit helemaal begrijpen hoeveel je voor mij hebt betekend. Je weet niet hoeveel indruk dat maakte op mij.
(Niet omdat jij nou zo bijzonder bent hoor, of misschien ook wel.)

Je bent en blijft mijn eerste vriendje. De eerste die me meemaakte zoals nog nooit iemand me heeft meegemaakt. Jij maakte dat ik me geweldig voelde, jij maakte me opgewonden als je aan me zat.

Jij maakte me ook zo verdrietig als ik nog nooit geweest ben. Want jij was de eerste. Laat ik maar ophouden. Anders komt alles weer boven overnieuw. Er is zoveel dat ik nog wou schrijven, maar dat weet je al. Dag allerliefste schat van mij. Dag lieverd. Dag

Monika

Deze brief werd zorgvuldig in een enveloppe geschoven, dichtgeplakt en geadresseerd. Monika had hem natuurlijk ook bij hem thuis in de bus kunnen doen, maar ze vond dat zoiets belangrijks maar door een echte postbode moest worden opgeknapt. Ze ging er mee de straat op en hield de brief in haar hand tot aan de brievenbus. Daar ging hij in de gleuf van 'plaatselijke bestemmingen en streekpost'. Nu kon ze niet meer terug, zelfs als ze dat nog zou willen, maar ze wou niet.

Ze liep terug naar huis. Op de hoek zag ze nog hoe het PTT-autootje er aankwam voor de lichting van zes uur.

De man:	*Dus u zou hem zijn stommiteiten vergeven?*
De vrouw:	*Die heb ik hem al vergeven.*
De man:	*Zou u willen dat hij nu terug zou komen?*
De vrouw:	*Als dat eens zou gebeuren.*
De man:	*Hier is hij!*
De vrouw:	*Wat zeg je me nu?*
De man:	*Ik kan het niet langer meer houden* (rukt zijn vermomming af). *Schat van mijn hart!*
	(De schoenmakersvrouw staat als versteend, de schoenmaker komt voorzichtig op haar af neemt haar in zijn armen en kust haar. De rode buurvrouwtjes komen langs. Ze zingen het spotlied:)
Buurvrouwen:	*Schoenmakersvrouw, schoenmakersvrouw, / haar man liet haar alleen, / die ging zomaar ergens heen,*

	/ zij maakte van haar zaak een kroeg. / Je kan er terecht tot 's morgens vroeg, / elke man tot 's morgens vroeg!
De vrouw:	Smeerlap, zwerver, schoft. Hoor je dat?
	Dat heb ik allemaal aan jou te danken, al die jaren. (Ze gooit alle stoelen in het café naar hem.) Ellendeling! Wat ben ik blij dat je terug bent. Ik zal het je betaald zetten, je zal ervan lusten! De Inquisitie is er heilig bij vergeleken!

Toen was de voorstelling afgelopen, het applaus begon. Het licht in de zaal van Kunsten en Wetenschappen ging aan. Op de achterste rijen stonden de brugklassertjes te juichen alsof het een popconcert was, maar de ouders op de eerste rijen stonden net zo goed eerlijk enthousiast te klappen. Monika zag haar ouders. Vader zwaaide, zij vonden het ook mooi zo te zien.

Meneer Dekkers, de directeur, kwam het toneel op met bloemen voor iedereen. Hij zei dat hij trots was op zijn school en dat hij vooral blij was dat de spelers de jeugd op deze wijze met een stuk literatuur in aanraking hadden gebracht. Daar had Monika nog niet eens aan gedacht, maar dat soort dingen hoort een directeur natuurlijk te zeggen. Hij had het ook nog over teamwork en dat hij niemand speciaal in het zonnetje wou zetten maar dat toch Bert Pijl in het bijzonder enzovoort. Weer gejuich en gejoel. Bert Pijl kwam onhandig en dolblij het toneel op, gaf alle spelers een hand en Monika zelfs een dikke zoen op beide wangen. Applaus uit de zaal. Monika was gelukkig zo geschminkt dat je haar niet kon zien blozen. Ze vond het wel erg aardig van hem, dat wel.

Zie je wel dat je het kon, zei hij later in de kleedkamer. Ik heb het altijd al gedacht dat het erin zat, dat jij en Henk, dat dat zou werken. Je hebt er echt talent voor want je hebt gevoel. Nee heus, dat meen ik.

Monika was nooit van plan geweest om actrice te worden, maar het was leuk om het te horen. Het was zo prettig geweest al dat gedoe met die toneelrepetities de afgelopen tijd. Je had tenminste iets leuks te doen.

Vader en moeder kwamen ook nog even kijken. Ze hadden het prachtig gevonden en ze vonden

het ook prachtig dat alle andere ouders het prachtig hadden gevonden. Vader stond maar naar haar
te kijken.

Het is zo gek, zei hij, ik vergat helemaal dat ik
naar mijn dochter zat te kijken. Je bent een dame
geworden waar ik niet zoveel meer over te zeggen
heb. Ik moet er nog aan wennen, maar ik ben wel
erg trots op je.

Hij stopte haar een briefje van vijfentwintig toe
om de rest van de avond mee feest te kunnen vieren. Schat van een man, zo'n vader.

Op het feestje na afloop in de zaal bleven alle
medespelers bij elkaar klitten. Ze dansten allemaal tegelijk of ieder voor zich. Ze hadden hun eigen strijdkreet: Leve de schoenmakersvrouw. Viva
la zapatora prodigiosa! Viva Federico Garcia Lorca! Olé! Henk had in zijn kontzak stiekem een
flesje rum bij zich en een lepel. Zo nu en dan ging
hij rond om als een Spaanse kwakzalver iedereen
dit medicijn toe te dienen als tegengif tegen de cola.

Het was veel leuker om zo met elkaar lol te maken dan om met één jongen zo'n avond door te
komen, merkte Monika.

Ze moesten wel oppassen met die rum omdat

meneer Dekkers hun kant uitkeek, maar dat maakte het alleen maar spannender.

Marjan, die de rol van rode-buurvrouw-nummer-twee had gespeeld, gooide razendsnel een scheut in haar cola en mompelde tegen Monika: Heb je het al gezien? Bert Pijl is met een vriend, een echte vriend bedoel ik.

Verder verstond Monika het niet omdat de diskjockey overging op de volgende soulplaat waar hij nog doorheen praatte ook. Toen zag ze aan de overkant van de zaal Bert Pijl aan komen lopen met een lange man van in de dertig. Alle twee met een pilsje. Bert pakte hem bij de arm en bracht hem bij de spelers. Jongens, dit is mijn vriend Johan, riep hij boven de muziek uit.

Monika had nooit geweten dat Bert Pijl een homo was. Het kon natuurlijk best. Maar ze had het nooit gedacht omdat ze er nooit aan gedacht had. Ze herinnerde zich wat hij verteld had over zijn ongelukkige liefde.

Ik vond dat je prachtig speelde, zei die Johan nu tegen haar, Lorca zelf zou ook tevreden zijn.

O, dank u wel, zei Monika en toen opeens vroeg ze zomaar: Bent u nou die vriend die vrienden met Bert wou blijven?

Johan keek Bert Pijl aan. Die begreep het met-een, hij grinnikte.

Nee, zei hij, dit is de vriend die vriend wil blij-ven.

Ze moesten alle drie lachen. Bert Pijl sloeg zijn armen om Johan en Monika heen.

Ik weet wat je bedoelt, zei hij, een jaar lang heb ik de pest in gehad. Maar hij helpt me er weer een beetje uit. Zo zie je maar: wanhoop niet. Je vindt het toch niet gek van mij?

Nee, zei Monika eerlijk, ik vind het fijn voor jou. Marjan kwam er ook bij staan.

We gaan met zijn allen nog de stad in, zei ze. Ga mee, dan kunnen we lachen.

Even later zwierden ze in groepjes door de stad. Alle cafés die na twaalven nog open waren gingen ze in. In De Vriendschap gaf Monika een rondje. Viva la zapatora prodigiosa! riep iedereen daarom.

Viva Garcia Lorca! Olé! hoorde je van de overkant van de straat van weer een ander groepje. Overal op straat kwam je zo opeens medespelers tegen. De hele gracht was hun feestterrein.

Monika had niet eens zoveel gedronken alles bij elkaar. Maar ze voelde zich er wel overmoediger en uitgelatener door. Ze was, om maar iets te noemen, nou niet iemand die midden in de nacht in een kroeg op een stoel zou gaan staan om Lorca te declameren. Nu wel.

Dat was lachen. Ook de drie oude alcoholisten in de hoek van café de Drie Ballonnen vonden het mooi. De kastelein informeerde alleen of er nog iets besteld zou worden of dat hij kon afrekenen en hij zette een bandje van Abba op.

We zijn al weg, zei Bert Pijl en betaalde alles. Hij wist nog een toepasselijk lied: Ga je mee, ga je mee, naar het volgende café en dan gane we de truc herhalen, dan smeren we hem zonder te betale! Johan wist de tweede stem.

Toen ze weer buiten waren, wilde Monika opeens gewoon alleen zijn. Even zonder iemand door de stille lege stad gaan, dat stond haar nu te doen, vond ze. Als jullie het niet erg vinden ga ik maar eens, zei ze.

Zal ik zover met je meegaan? vroeg Henk. Ik moet toch die kant uit. Monika besefte nu pas dat die jongen al die tijd bij haar in de buurt was gebleven. Net als in het toneelstuk eigenlijk. Nee, zei ze, ik kan het alleen wel af. Je moet het je niet aantrekken. Het is niet om jou. Ik moet gewoon even niemand om me heen hebben.

Ze liet hem beduusd achter.

Ze liep de steeg achter de kerk uit, liep stevig door langs de Mariaplaats en ging de Springweg op, midden op straat, er was toch geen verkeer. Ze hoorde haar eigen voetstappen.

Dat was goed om zo te wandelen. Ze had met niemand iets te maken, alleen met zichzelf.

Ook Peter had hier niets meer mee te maken.

Ze dacht wel aan hem nu, maar ze liet zich niet meer ontmoedigen door alle herinneringen.

Ze was niet bepaald vrolijk, ze wist heel goed dat ze nog verdriet had. Leuk is anders, dat zeker. Maar ze voelde zich op haar gemak in haar eentje. Dat was al heel wat.